Malvadita

Gabriela Keselman

Ilustraciones de Maxi Luchini

Dirección editorial: Elsa Aguiar
Coordinación editorial: Carla Balzaretti
Cubierta e ilustraciones: Maxi Luchini

© del texto: Gabriela Keselman, 2014
© de las ilustraciones: Maxi Luchini, 2014
© Ediciones SM, 2014
  Impresores, 2
  Urbanización Prado del Espino
  28660 Boadilla del Monte (Madrid)
  www.grupo-sm.com

ATENCIÓN AL CLIENTE
Tel.: 902 121 323
Fax: 902 241 222
e-mail: clientes@grupo-sm.com

ISBN: 978-84-675-6827-1
Depósito legal: M-31509-2013
Impreso en la UE / *Printed in EU*

Cualquier forma de reproducción, distribución,
comunicación pública o transformación de esta obra
solo puede ser realizada con la autorización de sus titulares,
salvo excepción prevista por la ley. Diríjase a CEDRO
(Centro Español de Derechos Reprográficos, www.cedro.org)
si necesita fotocopiar o escanear algún fragmento de esta obra.

*A estos brujitos y brujitas:
María, Silvia, Sara, Ignacio,
Ada, Ainoa y Al.*

Adivina a qué juego...

Mamá me manda a jugar.
Voy al jardín y hago un monstruo de barro.
Entro en la cocina
y hago un monstruo de harina.

Me meto en el cuarto de baño
y hago un monstruo de crema.
Cuando mamá me ve, se ríe y dice:
 —A ver si adivino a qué has jugado...
Ya sé, ¡a los monstruos!
 Claro, como es bruja, siempre acierta.

¿Celosa, yo?

Ahora tengo un hermanito
que se llama Malandrín.
Mamá y papá le hacen todas las brujerías a él.
Y de mí ya no se acuerdan.

Así que pienso echar a ese brujito de casa.
Lo voy a convertir en lagartija
y lo meteré en un frasco de pimienta
(pero primero me comeré la pimienta).

O mejor, lo voy a convertir en cuervo
y le enseñaré a volar lo más lejos posible
(y como es pequeño no sabrá escribir postales).
Quizá lo voy a convertir
en un calcetín perdido
(de los que nunca más aparecen).
Tal vez lo voy a convertir
en helado de cocodrilo derretido
(aunque eso es muy difícil).

Me acerco a la cuna,
de puntillas, sin hacer ruido.
Pero Malandrín me mira. Y me sonríe.
Y me saluda con la manita.
  Se nota que es brujo porque, de repente,
me convierte en una hermanita cariñosa.

¿Qué quieres ser de mayor?

Ahora voy a cumplir años.
Y todos están esperando alrededor de la tarta.
Mamá me pregunta
qué quiero ser cuando crezca.
—Un hada bobalicona —le digo.
—Eso es imposible —contesta sonriendo.

Tía Málida me pregunta
qué quiero ser de mayor.
 –Una princesa caprichosa –le digo.
 –Eso es imposible –responde riendo.

Tío Peor me pregunta
qué quiero ser cuando sea grande.
 –Una rana feísima –le digo.
 –Eso es imposible –exclama a carcajadas.

Papá me pregunta qué quiero ser cuando ya no sea pequeña.

–Una bruja feliz –le digo.

–Eso sí es posible –asegura muy serio.

Ahora puedo soplar las velitas.

Mi primer día de cole

Hoy tengo la nariz roja.
También tengo los ojos rojos.
Y hasta el pelo lo tengo más rojo.
¡Y todo porque es el primer día de clase!

—¿Tienes un catarro de mil murciélagos? —pregunta Malín.

—¿Te ha pillado una nube negra? —pregunta Pésima.

–¿Te has tropezado con un fantasma? –pregunta Malolo.
–¡No! Es que echo de menos... –me lamento.

Entonces Malín hace una brujería
y me da un monstruo de peluche.
Yo no echo de menos
un monstruo de peluche.
Pero es tan blandito que,
de un achuchón, me lo guardo.

Pésima hace una brujería
y me da una galleta mordida.
Yo no echo de menos una galleta mordida.
Pero huele tan rico que,
de un bocado, me la zampo.

Malolo hace una brujería
y me da una araña que hace cosquillas.
Yo no echo de menos una araña
que hace cosquillas.
Pero me hace reír tanto que,
de una carcajada, me la quedo.

–¡Ahora me toca a mí!
–exclamo divertida.
Entonces hago una brujería
y aparecen mi mamá y mi papá.
Ya no los echo de menos.
Pero los abrazo porque los quiero mucho.

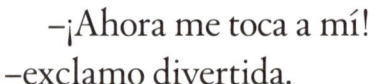

Por la noche,
mi mamá y mi papá me arropan.
Entonces yo les pido una brujería:
 –¿Podéis hacer que mañana
sea el segundo día de clase?

¡Apaga esa luz!

Papá me dice:
—A dormir la siesta.
Pero hay tanta luz que me da miedo.
Así que apaga la lechuza.
Pero todavía hay tanta luz que me da miedo.

Entonces papá baja la persiana.
Pero todavía hay tanta luz que me da miedo.

Total, que papá embruja al sol
para que se vaya.
Pero todavía hay tanta luz que me da miedo.
 –Es que esta luz no puedo apagarla
–dice papá–. Es la de mi corazón.
 Ah, esa luz no me da miedo.
Y me quedo fritZZZZZZ...

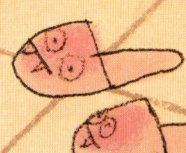

Me aburro...

Mi papá ha salido a hechizar.
Mi mamá está haciendo jalea de bichos.
Malandrín duerme en su cuna.
Así que yo arrastro mi sombrero negro hasta el rincón más oscuro del jardín.

—¿Qué te pasa?
—pregunta un pájaro que pasa.
—Me aburro... —le cuento.
Él se queda junto a mí
y me canta una canción graciosa.

—¿Qué te pasa?
—pregunta una mariquita que aparece.
—Me aburro... —le digo.
Ella camina sobre mi mano
y me hace tres clases de cosquillas.

–¿Qué te pasa?
–pregunta un gato que se acerca.
 –Me aburro... –le confieso.
 Él ronronea
y juega a enredarse con mis pies.

—¿Qué te pasa?
—pregunta una mariposa
que revolotea.
  —Me aburro...
—le explico.
  Ella se posa
en mi nariz
y me hace ver
todos los colores.

De pronto, mi papá vuelve.
Mi mamá termina su tarea.
Y hasta Malandrín se despierta.
 –¿Qué te pasa? –me preguntan.
 Yo hago un guiño al pájaro,
a la mariquita, al gato y a la mariposa.
 –¡Me lo estoy pasando bomba!
–les contesto sonriendo.

¡Me siento mal!

Me parece que me duele algo.
Aunque no sé qué.
Pero seguro que estoy muy enfermita.
Y por eso hoy no puedo ir al cole.
Mamá piensa que tomé frío
por volar sin el gorro negro.

Papá cree que me di un cabezazo
por volar con el gorro negro.

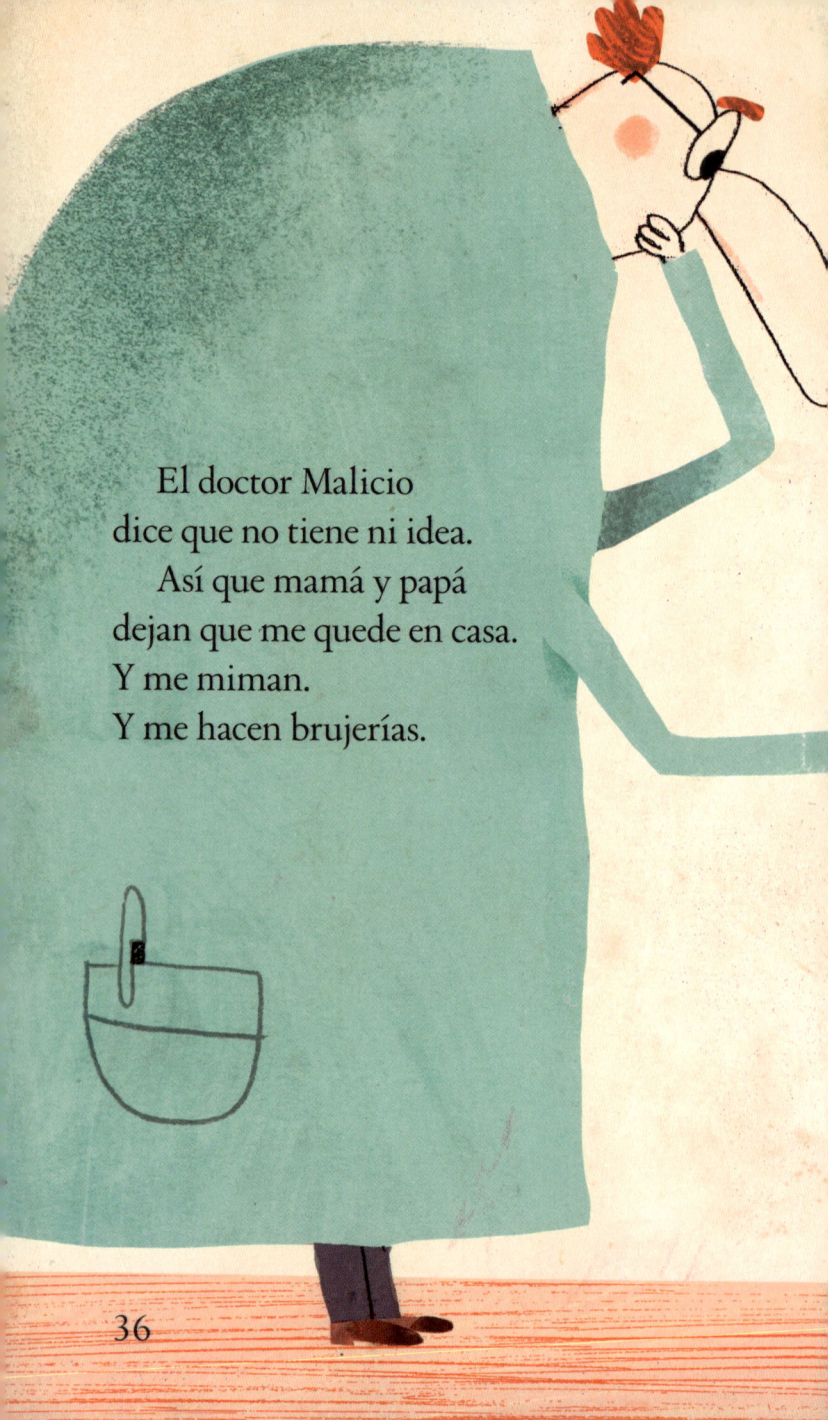

El doctor Malicio
dice que no tiene ni idea.
 Así que mamá y papá
dejan que me quede en casa.
Y me miman.
Y me hacen brujerías.

Todo porque hoy estoy muy enfermita
y no puedo ir al cole.
Aunque me parece que ya no me duele nada.

¡Termina de una vez!

Estoy leyendo un libro enorme.
Es un cuento con muchos dibujos.

De pronto, mi mamá interrumpe:
—¡Termina la sopa de caracoles babosos!
Pero yo sigo leyendo
y la sopa se enfría en el plato.

Más tarde, mi papá dice:
—¡Termina de recoger los fantasmas a pilas!
Pero yo sigo leyendo
y los fantasmas siguen tirados en el cuarto.

Un rato después, mi abuelo exclama:
—¡Termina las palabras mágicas
que me decías hace un rato!
Pero yo sigo leyendo
y las palabras quedan en mi boca.

Al fin, mi amigo Malín chilla:
—¡Termina de convertirme en gigante!
Pero yo sigo leyendo
y Malín se queda a medio crecer.

Todos juntos me regañan:
—¡Malvadita,
nunca terminas lo que empiezas!
—¡Eso no es cierto! —les digo—.
¡He terminado mi libro!

¡Esto es mío!

Malín y yo vamos al mismo parque.
Nos gustan las mismas cosas.
Y las queremos al mismo tiempo.

—La cometa negra es mía —dice él.
—¡No, es mía! —protesto yo.
Malín hace un pase mágico
y tenemos dos cometas.
Una para cada uno.

—El helado de escarabajo es mío –digo yo.
—¡No, es mío! –se queja él.
Yo hago un hechizo genial
y tenemos dos helados.
Uno para cada uno.

–La bici-escoba es mía –dice él.
–¡No, es mía! –me enfado yo.
Malín embruja una rama
y tenemos dos bici-escobas.
Una para cada uno.

–El columpio fantástico es mío –digo yo.
–¡No, es mío! –grita él.
Yo uso mis poderes
y tenemos dos columpios.
Uno para cada uno.

Entonces Malín y yo nos miramos.
No tenemos quién empuje el columpio.
Así que ahora nos gustan las mismas cosas,
pero un rato para cada uno.

Un amigo diferente

En mi clase hay un brujito nuevo.
Se llama Buenito.
Y no sabe brujerías.

–¡Buenito, no eres un brujito!
–se burla Malón.
 –¡Buenito, eres muy rarito!
–se ríe Malala.
 –¡Buenito, cara de angelito!
–se troncha Malucho.

Buenito se esconde en un rincón.
Tiene los ojos tristes.
Y una lágrima moja sus zapatillas.

Entonces yo me enfado con Malón,
con Malala y con Malucho.
Me acerco a Buenito y le pregunto:
 —Buenito, ¿jugamos un poquito?

Buenito ya no se esconde en un rincón.
Tiene los ojos alegres.
Y las zapatillas secas.

Patea la pelota mejor que Malón.
Sabe más adivinanzas que Malala.
Y puede hace dibujos tan chulos
como los de Malucho.

Malón, Malala y Malucho
se esconden en un rincón.
Tienen los ojos avergonzados.
Y las zapatillas también.

Un rato después,
se acercan y le preguntan:
 —Buenito, ¿quieres ser nuestro amiguito?

¿A que te gano?

En invierno,
mi mamá y yo jugamos a un juego.

Yo salgo disparada.
Pero ella se estira.
Y casi, casi me alcanza

Yo me escondo bajo la mesa.
Pero ella hace desaparecer la mesa.
Y me descubre.

Yo subo las escaleras volando.
Pero ella aparece delante de mí por arte de magia.
Y sonríe satisfecha.

Yo la engaño
convirtiéndome en diez Malvaditas.

Y ella se marea.
—¡He ganado!
—grito con la boca muy abierta.

Entonces mi mamá
acerca la cucharada de jarabe.
Y me lo tomo.
—He perdido... —digo—.
¡Pero ya no tengo tos!

65

TE CUENTO QUE MAXI LUCHINI...

... nació en una ciudad con árboles, parques y hasta un bosque al que iba con sus amigos a jugar a la pelota.

Las tres cosas que más le gustan son dibujar, jugar al fútbol y coleccionar tesoros.

Aunque sus tesoros secretos fueron variando con el tiempo: de pequeño eran un coche deportivo naranja (de juguete, claro) y un Spiderman totalmente articulado; de adolescente, algunas cartas de amor y un casete de Kiss; ahora que es más grande, su mayor tesoro es compartir la vida con las personas que más quiere.

Maxi Luchini nació en La Plata (Argentina), pero desde hace varios años reside en Barcelona. Tiene libros publicados en México, España, Argentina, Francia, Alemania y Corea. Es creador y director artístico de la colección de cómics Mamut, que se publica en España y Francia. Si quieres saber más sobre Maxi Luchini, visita su blog: maxiluchini.blogspot.com

TE CUENTO QUE GABRIELA KESELMAN...

... no lleva sombrero negro de brujita ni vuela en una bici-escoba. Pero sí tiene superpoderes: sabe hechizar a los niños –y a los mayores– con sus historias. Por eso le encanta escribir, en casa, en un café o donde la pille una bonita idea.

Gabriela Keselman nació en Argentina y se marchó a vivir a Madrid. Actualmente viaja de una orilla a otra. Ha publicado más de sesenta libros, ha recibido varios premios y algunas de sus obras han sido traducidas a lenguas como el inglés, francés, alemán, italiano, portugués (Brasil), coreano, chino y japonés.

Si quieres saber más sobre Gabriela, visita su web:

www.gabrielakeselman.com

¿QUIERES LEER MÁS?

SI ESTE LIBRO TE HA PARECIDO TIERNO Y DIVERTIDO, TAMBIÉN TE GUSTARÁN LAS GENIALES HISTORIAS QUE GABRIELA KESELMAN HA ESCRITO SOBRE **MORRIS**, el héroe más héroe del bosque, del río, del prado y de la vuelta al mundo.

- Morris, duérmete y despiértate
- Morris, diviértenos
- Morris, quiero una pesadilla
- Morris, se me cayó una pluma
- Morris, ¡es mío, mío y mío!
- Morris, ¡es mi cumpleaños!
- Morris, regálame un amigo
- Morris, adivina...
- Morris, una Cosa me persigue
- Morris, ¡puuuf!
- Morris, el cole ha desaparecido

SERIE MORRIS
Gabriela Keselman
EL BARCO DE VAPOR, SERIE BLANCA

COMO SABES, MALVADITA ES UNA BRUJA Y DISFRUTA MUCHO DE LOS HECHIZOS Y VUELOS EN ESCOBA. PERO NO A TODAS LAS BRUJITAS LES GUSTA SERLO. EN **NO MÁS ESCOBAS** conocerás a Matilde, que no quiere ser bruja. Pero ¿qué quiere ser en realidad?

NO MÁS ESCOBAS
Andrés Guerrero
EL BARCO DE VAPOR, SERIE BLANCA,
ESTOS MONSTRUOS NO DAN MIEDO N.º 4

DESDE QUE LLEGÓ SU HERMANITO, MALVADITA SE SIENTE DESPLAZADA PORQUE SUS PADRES NO LE PRESTAN TANTA ATENCIÓN. ALGO PARECIDO LE SUCEDE A ÓSCAR, EL PROTAGONISTA DE **SE VENDE GARBANZO**, que no aguanta a su hermano pequeño, el «Garbanzo». Ayudado por su amiga Nora, decide cambiarlo por otro hermano. Es una idea genial, pero... ¿dará resultado?

SE VENDE GARBANZO
Care Santos
EL BARCO DE VAPOR, SERIE AZUL, N.º 163